U0904185

蓝狐

[冰岛] 松 著

王书慧 译

译林出版社

图书在版编目(CIP)数据

蓝狐 / (冰) 松著, 王书慧译. —南京: 译林出版社, 2014.4

(文学新读馆)

书名原文: The blue fox

ISBN 978-7-5447-2937-6

Ⅰ. ①蓝… Ⅱ. ①松… ②王… Ⅲ. ①中篇小说-冰岛-现代 Ⅳ. ①I535.45

中国版本图书馆CIP数据核字(2014)第038291号

Skugga-Baldur by Sjón

著作权合同登记号 图字: 10-2012-143号

书　　名	蓝狐
作　　者	[冰岛] 松
译　　者	王书慧
责任编辑	姚　燚
特约编辑	张　睿
出版发行	凤凰出版传媒股份有限公司 译林出版社
出版社地址	南京市湖南路1号A楼, 邮编: 210009
电子邮箱	yilin@yilin.com
出版社网址	http://www.yilin.com
经　　销	凤凰出版传媒股份有限公司
印　　刷	江苏凤凰盐城印刷有限公司
开　　本	880毫米×1230毫米　1/32
印　　张	3.75
插　　页	2
字　　数	46千
版　　次	2014年4月第1版　2014年4月第1次印刷
书　　号	ISBN 978-7-5447-2937-6
定　　价	24.00元

译林版图书若有印装错误可向出版社调换
(电话: 025-83658316)

目录

I

1883年1月9—11日

蓝狐[1]跟高纬地带的石头是一样的颜色。当他们冬天卧在石头边上时，完全分辨不出来。是的，比起那些白狐，他们不会在雪地的映衬下微微泛黄或发暗，而要狡猾得多。

一只雌性的蓝狐紧紧地偎依在她身下的石头上，任凭风雪压过来。她用尾巴挡住风的侵袭，身子蜷成一团，鼻子埋在大腿底下；眼皮耷拉下来，到刚好露出瞳孔的位置。这样她可以观察到那个在积雪覆盖的山崖后面的人，他自从藏在那里就纹丝未动了——在这奥斯赫马山的高地，整整待了十八个钟头。风卷着霜雪扑过来，他被包裹起来，活像悬崖的一角。

这个小生物一直警觉，这个男人是猎手。

---

1 北极白狐的变种，呈现灰蓝色。

这个男人从南面的伯特农场开始的追踪。那会儿天还是晴的。绯红的朝霞比冬天最黑的夜色还要浓重。他从那里晒草的场子里溜出来，一路往北，过了奥萨河，一直来到小巴尔奇山。那时候山上还没有积雪。

在那里，他看到山脊上有动静，于是在身上一通翻找，拿出羊角望远镜，拉长，然后放在了视力好的那只眼睛上：

没错，藏不住了！

有只野猫[1]的杂种在路上。

---

1 冰岛民间传说蓝狐是猫跟狐狸杂交的后代。

看上去她对危险没有丝毫察觉。所有的行为表明她在觅食。因此她行进得很慢，注意力也不在与食物无关的动静上。

男人更仔细地观察她。

他把注意力全都集中在她身上，似乎试图观察她下一步要干什么：她在峰顶的嗅猎活动之后会往哪走。突然地，她小跳了一下，男人无法解释这是因为什么。她这一跳，表明是被什么吓到了。虽然对这个男人，她不该有任何一丝的察觉——按照一般的思路来说。

唯一的解释就是，她接收了关于他的意图的信息：

他是一个正在狩猎的人。

男人爬上山。他试着在脑海中更加清晰地重现狐狸的身影，这样就有更大的可能性再次找到它。“她像风中的一片羽毛，飘过了这片雪盖。”

雪盖上，他四面观察着狐狸的踪迹，用拇指和食指测量了它的一个足印；看上去可是个大家伙。留在手指肚的一片雪花上，粘着一根闪光的毛——颜色清晰可辨：灰蓝色。

西边的天上布满条状的云。

大概暴风雪快要来了。

狐狸四处不见。

目之所及，四野空旷。

顺风而行，男人步伐矫健。狐狸察觉到了他的气味，不过这没什么可惊讶的；她已然知道他在追踪她了。

他不时地停下来，观察四周。他用了跟以前相同的方法，集中全部的注意力，寻找着猎物逃跑的路径，以及可以接近她的方位。

突然间，他被告知了路径，以及藏匿处：

“狐狸往北穿过平地。然后突然转向东边，那里将会是梅拉地带，到处是石头；蓝色矮脚们绝佳的藏身之地。”

难道是她太专注防身了？她是否太过于聚精会神于潜在的危险——以至于让他潜入到自己的思绪中？难道她不是要尽力摆脱他的吗？

是狐狸传达给男人那个想法的吗？

到了梅拉地带，空气静止；只有脸颊上感到微风。男人看到一团灰蓝色的毛球往北冲过去。他立刻静止不动。不久毛球就开始摇摆。又过了一会儿，蓝狐从石头堆里直起身子。

是的，她在那！

这可真是个少见的漂亮家伙，毛生得茂密，一条骄人的大尾巴，颜色如大地一样，动作灵活。她迈着急促而有力的步伐逃开了。

男人开始追。

正如他所预料，狐狸径直冲向风雪来袭的方向。每当快要被风雪吞没的时候，就突然停住，向着猎人的方向看过来。

接着，她又开始逃，闪电般迅速。

空气倏地被搅动。

一只雷鸟横空落地，在距离男人不远处，是被风吹来的。后面跟着一只隼，突然转弯向上飞翔，均匀而有力地扇着翅膀。

男人转身迎风而立，系紧围巾，把粗布口袋的带子在右肩上绕了三圈，口袋刚好搭在腰上。

暴风雪快要到了，他必须赶时间。

男人在风雪包围中艰难前行。

刚开始，他的脚下踩的是石头地，那样的行程还算不错，但过了不久，雪就下得紧了；行进变得更加困难。

他不得不相信脑子里的想法：

“狐狸在恶劣天气中会变得胆小。她要么把自己埋在雪里，要么躲到深深的岩石缝隙，躲到冰冻线以下，直到恶劣天气过去才出来。”

这会儿男人身上积了一层厚实的雪，使得他和狐狸的距离也缩小了。

他举步维艰。

正当他觉得自己离猎物已经很近的时候，积雪一下子变深了。一步下去，积雪已经到他的裤裆；再下一步，男人结结实实地坐在了自己的脚印上。

他既不能继续前进，也退不回来；眼前一片雪白。

风卷着雪片从四面八方向他袭来，从天而降，自地而出。

到了晚上，天气更加恶劣，尽管衣服很厚实，还是被冻透了。他非常冷，只能通过发抖来获得热量。

男人决定让雪把自己覆盖。

他时不时地活动一下，这样雪就在他周身形成了一层挡风的外壳。

他中等个头，身板结实，手掌敦实。额头又高又宽，给线条粗犷的脸部增加了表情。眼睛小，深蓝色的，在浓密的睫毛下显得深邃。鼻子又高又尖。下颌和脸颊的轮廓无法辨别，因为被胡子挡住了。胡子是暗红色的，夹杂着几根白毛，一直垂到胸部。头发是深棕色的，已经开始灰白。左鼻翼上有一颗突起的黑痣。

积雪覆盖着的男人就是这个样子。

夜，很冷。很长。

男人打破了头顶的雪壳。

他感谢着雪神“莫尔”和霜仙“卡莉”，是他们给了他旷野中的避风之所，从这里望出去，是满眼的雪白。

他现在开始搓捏双手，接着按摩手臂上的肌肉，搓出热量之后，他戴上手套，手掌搭在雪壳的裂缝处，用胳膊的力气把自己给撑了上来。

是的，他很幸运。

男人背上猎枪和口袋，一路前行，直到一块叫“巴掌”的岩石。这是冰川时期形成的地形，从来都不会积雪。他卸掉粗布口袋，摘掉手套，脱下皮鞋和生羊毛袜，然后靠在了“巴掌”的边上。

哦，不要啊，他一件一件继续脱衣服，直到一丝不挂，好像刚刚出生那会儿。

他是天地之子。

这时他的肚子在咕咕叫，他才意识到自己饿了。从捕猎的行程开始到现在，他还没吃一口东西，这已经二十多个小时了。

诚实地说，其间他倒是偶尔吃过冰块，但是那没有味道，又不占地方。他打开粗布口袋：手掌厚的羊肉块、涂着黄油的发酵饼，上面还有雷鸟肉丝、腌过的鳕鱼头、酸味的羊血肠、鱼干、酸酪和黑糖块。

是的，这些东西都装在他的口袋里。

太阳温暖着男人的身躯，也融化着积雪。雪里不间断地发出断裂声，如同鸟儿应时的啼叫。

正午时分，山间依旧明朗，空气中是晌晴的味道。男人回想起自己在山里的美妙童年。除了伯特农场教堂上那用彩灯新装点的房顶之外，没有什么可以跟那些日子的美好相比了。

不！男人一下子直起身子：那边的影子是什么？是块石头吗？

他抓起望远镜，但是什么也看不见，镜片上一团水雾。他用袖子擦了擦。不会吧！难道真是他所怀疑的那个？目标已经消失在远处，不，又回来了：

狐狸脑袋！是的，头上泛起一抹蓝色。就是那个家伙！显然她已经在那里很长时间了，看上去很警惕。猎人收起望远镜。

狐狸发出了惊恐的叫声。

那里地势平坦，从西向东是个缓坡，坡上长着片片低矮的草丛，草丛之间是浅浅的沟壑。这样的地势，想悄无声息地挡住狐狸的去路，是不可能的。猎人一动不动地定在那里，就是他发现狐狸时突然坐起来的那个姿势。狐狸一下子跳上了石头，开始号叫。她坐在石头上，每叫一声，就把尖尖的鼻子扬起来。

狐狸用这样的方式引逗着猎人出动。因为从猎人困在雪里的那一刻，猎物就失掉猎人了。

猎人直挺挺地趴在地上。他刚刚设法向北扭转身子，猎枪一直握在正前方，但是他不敢再动，他跟狐狸之间没有任何的掩护，没有任何可以把他挡在狐狸视线外的物体。此外，猎枪没有上膛。而一旦等他上膛，恐怕小家伙早已逃之夭夭。

如果不犯前一天的错误，又让狐狸跑掉，猎人必须赶紧拿主意。但是目前的形势——究竟该怎么办？

狐狸在石头上弓起身子，好像要跑掉的样子。猎人翻了个身，四肢小心翼翼地不碰地面。

之后又谨小慎微地用手臂和右脚着地，左腿抬起来，姿势就像在野外撒尿的狗。

他吼叫了一声。

靠这样的把戏，猎人成功地迷惑住了狐狸。他缓缓地移出她的视线，一边挪动一边想办法，而她还在等待眼前可能出现的新情况。

猎人打开枪膛，上了半膛火药。那是他一枪击倒猎物所刚好需要的剂量。他把手伸进随身的口袋里，摸索着一本赞美诗小册子，撕下一张纸，在指头之间卷成一团，之后塞到枪筒里。这样，即使他在疾风中举枪瞄准，它也不至于发出响声。

他麻利地用口水润湿了瞄准环的最前端，又顺便放上了一小块苔藓。那小块东西死死冻在金属表面，他试着用它瞄准。这样，不管天气变得多黑，他总能把瞄准环辨认出来。

猎人直起身，拿枪瞄准，又往前倾斜了一点，把重心放在了左脚上。他的全部注意力都集中在那块石头上。不会吧，转眼间哪儿都看不见狐狸的影子。

他等了很长时间才把枪放下。这样的地儿，狐狸是不会从他的手心溜走的。到处被雪覆盖，一直连接到冰川的底部，没有一处空白。狐狸把行踪都写在了雪面上，清晰可辨。

他把枪背了起来，又开始追踪。

漫长的一天，狐狸在山坡和高地间奔跑，猎人紧随其后。

它如同一道旨意，给了他实实在在的辛苦工作。

当猎人走出奥斯赫马山来到边界上的巨石旁时，狐狸差点儿逃出了他的视野。

他只看到她原地转了三圈，躺在石头上，蜷起身子，用大尾巴挡着脸。

猎人也模仿了同样的动作。

日光渐渐消失。

天幕黑下来，北极光姐妹们现身了，跳起活泼的彩带舞。随着色彩变幻，她们舞步轻盈，点亮了整个天空。她们飘扬的裙摆是金色的，上面镶的珍珠随着她们欢快的动作散落四方。这个景致在刚刚落日的时候最清晰。

之后，大幕落下，黑夜来临。

睡梦中似乎有不速之客，一种他之前从来没有经历过的神奇力量。他思绪飞扬，好像自己很快就要死去。他已经没了力气，头疼，呼吸沉重，耳朵上像压了石板一样什么都听不见。即使这样，他听到了一声闷响，一种敲击的声音。那是他的心脏发出的。

这预示着什么呢？

此时狐狸发出了三声长长的叫声，是提示危险的讯息。声音是从东边传来的，被风送到了猎人这里，如同暴风雪一样，砸在了猎人身上。

他突然间警醒，向左瞄了一眼，分辨出了一个蓝色的影子——这会它看上去好像漆黑的魔鬼。

一下子它就消失了。

死一般的寂静。连心跳的声音都没有。

难道他死了吗？

过了好一会儿，他又在原地看到了一只狐狸。这只狐狸看上去要小一些，每个动作都表现着她的谨慎和狡猾。和上一次不同，这回她一点儿声响都没发出。

这个家伙在猎人面前表演了一阵子之后，在他眼前突然消失了。

他极力压制着已经涌上嗓门的哈欠。

突然，正前方似乎也有动静。他仔细地在夜色中分辨，那是狐狸形状的影子。她在跳舞，仅用后腿支撑，好像离开了地面。她左右摇摆，好像水中的鳝鱼一样。

第四只不知从哪里传来了尖叫，夜色中只听见：

“啊——嘎——”

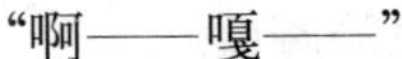

男人来了精神。这个地方，蓝狐非常稀罕，以至于每发现一次，附近村落都会传遍。那只发暗的，那只害羞的，那只跳舞的，那只大笑的；这些其实是同一只狐狸，否则不可能的。

“这些传闻都是一只狐狸，都是同一只。都是一只狐狸，都是同一只。都是一只狐狸，都是同一只……”

他一遍遍地重复，如同一个挣扎着从噩梦中醒来的人，在脑海里叫喊着。终于，醒过来了，泪水从眼里流下来，他看见那只狐狸还在原地。

他自己也是纹丝未动。

开始下雪。

雪停了。

蓝狐跟高纬地带的石头是一样的颜色。当他们冬天卧在石头边上时，完全分辨不出来。是的，比起那些白狐，他们不会在雪地的映衬下微微泛黄或发暗，而要狡猾得多。

一只雌性的蓝狐紧紧地偎依在她身下的石头上，任凭风雪压过来。她用尾巴挡住风的侵袭，身子蜷成一团，鼻子埋在大腿底下；眼皮耷拉下来，到刚好露出瞳孔的位置。这样她可以观察到那个在积雪覆盖的山崖后面的人，他自从藏在那里就纹丝未动了——在这奥斯赫马山的高地，整整待了18个钟头。风卷着霜雪扑过来，他被包裹起来，活像悬崖的一角。

这个小生物一直警觉，这个男人是猎手。

狐狸再一次闭上她灰色的眼睛。当她再次睁开的时候，猎人不见了。

她伸直了脖子。

博德·思古森牧师扣动了扳机。

II

1883年1月8—9日

天宇睁开了一只明澈的眼睛。雷鸟鸣叫。冰面下，小河在翻腾，梦想着春天；到那时，小河可以变成吃人的大江。山那边的雪堆上飘起三三两两的烟，那是村庄。

清一色的蓝，除了山顶上还有银晃晃的雪。这就是达尔山谷的冬天。

“你好，我来取母马，听着，我来取‘母法’，这……是的，现在……你，不是，我，要取——母法……”

布莱卡农场的场院上站着一匹长毛马，背上驮着一个人，那个人喋喋不休地自言自语。他身材高大，看上去有40岁左右。浅褐色的胡子夹杂着灰色，杂草一样地盖在嘴唇上，又从下巴上垂下来，好像冰冻的瀑布——他裹得严严实实，就跟一个要去打雪仗的孩子似的。

他裤子提得高，紧紧卡住裆部，外套特别大，或者特别小，取决于怎么看。毛线织的帽子紧紧地勒在下巴上，应该不是自己系的。手上戴了三层手套，几乎难以握住坐骑的缰绳。

长毛马是匹叫露莎的母马。她不耐烦地咬着嘴里的嚼子。是她的四个蹄子把他们送过来的，循着脚印看过去，后面是长长的一串足迹，从伯特农场的牧师住地出来，下了场院，过了河和沼泽地，上了山坡，到了她现在站着的地方，等待着重负从身上卸下来。

男人从马背上跳下来。

他的真实身材也暴露了：小腿非常短，肚子大，肩宽，脖子出奇的长，左胳膊比右胳膊短。他跺了跺脚，掸了掸身，摇摇头，哼了一声。

母马晃了晃耳朵。

“奴法？”

男人用较短的左胳膊把门上的雪刮了下来。

“真是这么说的？”

他用右胳膊推门，感觉到血液流向了手掌。太冷了。他会被请进屋吗？

一个人头在起居室冰冻的窗户前闪了一下，之后传来了里面的门打开的声音，之后大门被推了一会儿，突然地打开，积了一夜的雪也顺势被推到了一边。客人往后退了一下，后仰摔了一跤，如果没有积雪的话就真倒下去了。

客人摔了一跤之后，腓特烈看见来找的人站在门里。腓特烈·B.弗利兹约恩森是药草专家，也是布莱卡农场的主人，同时也是拥有阿芭的那个人。客人叫豪尔福坦·阿特拉森，是博德牧师身边的傻子仆人。

他张着嘴，还没等说什么，腓特烈就请他进屋。

对此，这个傻子的回答只有顺从。

他们来到厨房。

“脱了外套吧。”

腓特烈蹲了下来，打开了火炉的门，添了木柴，火欢快地烧了起来。

里面温暖宜人。

傻子咬着手指头，把手套摘了下来，之后颤抖着的手开始试图解开帽子的绑带。这可进行得不顺利，主人帮他从枷锁中解脱出来。他又从客人手里接过外套，一股苦涩的恶臭飘了过来。腓特烈后退了一步，鼻子还在嗅。

“咖啡……”

伯特农场的人总是这样，出汗都是咖啡味的。博德牧师舍不得给吃东西，每天从早到晚给灌纯黑的、煮过的咖啡渣。腓特烈抓住豪尔福坦的双手，让它们颤抖的不是冰冷的天气，是神经刺激，因为过多的咖啡。

腓特烈放下他的手，让他坐下，从挂钩上取下水壶，灌满雪水，放在了炉子上面的加热板上。他指着水壶，坚定地说：

“现在你就看着水。水顶开盖子的时候，来叫我。我在客厅里钉棺材。”

傻子点了点头，眼睛转向了水壶。药草专家腓特烈在走出去的时候拍了拍他的肩膀。一会儿就从另一间屋子传来了锤子的叮咣声。

傻子一会儿看着水壶，一会儿又看着炉子，但更多地是看着炉子。那可是有名的科技奇观，没多少人见过。金属的管子伸出来，爬上墙，进了客厅，从那又进了卧室顶棚，温暖了房子，之后穿过土屋顶，把烟散到室外的空气里。而最吸引人的是炉子瓷砖上的手绘：色彩艳丽的花儿绕着炉子伸展，伶俐得让眼睛都难以跟随。豪尔福坦一边摇着椅子一边跟随着一枝花茎，它一会儿从下面穿过，一会儿又从上面穿过，一直到了水壶那里。

水壶，对了，他正在看着水壶。水在壶底和加热板之间翻腾。

药草专家腓特烈是那个拥有他的阿芭的人，是的，阿芭大名叫哈佛蒂丝·约恩多蒂，是豪尔福坦的甜心。腓特烈和阿芭两人住在布莱卡。直到阿芭嫁给豪尔福坦，那时她就要跟他一起远走。但是今天她在哪呢？他扭动着自己那出奇长的脖子，越过右肩往后看：

客厅里，腓特烈正在给棺材盖钉下最后一颗钉子。豪尔福坦对他喊道：

“呃，我来取——取女尸……”

冰冷的话语让腓特烈一惊。博德牧师通过他的仆人在说话了。牧师家的人就好像一群鸡一样地重复着牧师的言语。毫无疑问，这可以说很可笑，如果不是所有的话都一样的苍白和丑陋。

“我知道，豪尔福坦，我知道……”

而腓特烈听到傻子的下面一句话更加惊讶：

“我的阿芭在哪儿——哪儿？”

水开了，盖子啪啪作响——有水轻轻溅到边上。

“开——开了。”

豪尔福坦哽咽着说，这是半晌他说的第一句话。腓特烈告诉他阿芭已经死了，牧师差遣他来取的女尸就是阿芭。还有，他看见的在客厅的那口棺材，今天就要在伯特农场的教堂墓地下葬。这个消息给豪尔福坦的心重重一击，他很长时间无声地哭泣，泪水从眼睛和鼻子里流下来，没被塑造好的身躯在椅子上颤抖；好像秋风中的落叶，不知道是要离别寄居了一夏的树枝，还是留下来——枯萎；虽然没有一个命运是好的。

在他为爱人伤心的空当儿，腓特烈拿来了茶具，手工的英国陶质茶壶，两个象牙白的瓷质茶杯和托盘，银质奶壶和糖罐，勺子，以及竹叶编织的滤网。最后是一个打磨和油漆过的橡木茶罐，上面标着“A.C.PERCH'S THEHANDEL”[1]。

他从炉子上把壶提起来，往茶壶倒了一点儿水。放了一小会儿，让陶壶从里到外都热起来；然后他打开茶罐，舀了四勺茶叶放进去，又倒入了滚开的水。大吉岭茶的醉人香气弥漫了厨房，好像刚刚犁过的土地升腾起的

1 丹麦最古老的茶行。创立于1835年，是丹麦皇室御用茶叶的供应商。

气息，夹杂着甜甜的味道和厚重的感觉，让人联想到奢华的生活——当然只有其中一个人经历过；腓特烈·B.弗利兹约恩森，那个住在布莱卡的穿着欧式风格衣服药草专家，穿着长裤和夹克，领口处是巴洛克晚期风格的领结。

香气也提起了豪尔福坦的精神，让他暂时忘记了悲伤。

“这——这是什——么？”

“茶。”

腓特烈沏满茶杯，把英式茶壶盖上。豪尔福坦双手接过茶杯，送到嘴边，喝了一小口。

“茶？”

很奇怪这样的琼浆玉液却只有这么小的名字。应该叫作“依露丝特莱·泰丹特”这样的名字，这是丹麦《每周画报》的名字，也是傻子知道的最长的词。

“是——是丹麦的吗？”

“不，来自喜马拉雅山，那座山特别高，我们这的山爬十三遍，也到不了它的顶峰。在山坡上有个叫大吉岭的村子。当那里的鸟儿唤醒清晨，连接村子和茶园的小径上也开始忙碌起来：是采茶人开始工作了。他们穿着破烂，有些人的鼻子上戴着银环。”

“是——是画眉在叫吗？”

傻子问。

“不，那是唱歌的麻雀，在它们清晰的歌曲之中，还有啄木鸟在打拍子。

“有，有我认识的鸟儿吗？”

“鹡鸰，那儿应该有。”

腓特烈回答。

豪尔福坦点了点头，继续小口地饮茶。腓特烈捋着左边的胡子，继续讲述：

“在园子大门里，每个人领到一个筐，劳作就开始了。一直到晚饭，人们采集茶树尖儿的叶子，这些人的手指肚就是茶叶漫长旅途的第一站。旅途的终点呢，就可能是，布莱卡农场的茶杯里。”

这个早晨就这样过去了。

天大亮[1]的时候，腓特烈和傻子豪尔福坦抬着棺材出了屋。他们抬得很轻松，死者不是很重，棺材也不是什么厚重的材质，是收集了这个农场上的木头钉在一起的——不过也够结实。场院上，母马露莎吃饱了干草，静静地等着。两人把棺材放在了雪橇上，仔细地捆好。马鞍的两端连着长木杆，顺着马的两侧，连到后面的雪橇上。

之后腓特烈从夹克里拿出一个信封，给豪尔福坦，说：

“葬礼之后，你把这封信给博德牧师。如果他在葬礼之前问起来，你就说我忘了给你。葬礼结束之后你再说又想起来了。”

他把信封塞到傻子的口袋里，坚定地拍了拍口袋：

“在葬礼之后……”

1 冰岛冬天的日照时段大概在上午10:30到下午15:00点之间。

他们道别，那个拥有阿芭的人，以及阿芭的爱人，曾经的。

达尔山谷的布莱卡

1883年1月8日

博德·思古森总管先生：

这里是34克朗。这是哈佛蒂丝·约恩多蒂女士的葬礼费，给您跟六个抬棺材的人，包括从家到教堂的运费、下葬费、三次鸣丧钟费，以及给你们和参加葬礼的客人们买咖啡、糖和面包的钱。

对于葬礼上的歌曲，我没什么可要求的，也不用有演说或者家谱追溯之类的。您有权利根据自己的喜好和兴趣，或者教堂的要求来举行这个葬礼。

棺材跟衣着是我选定的，这是由于我从学生时代就形成的职业习惯吧。我在哥本哈根学习的时候跟您的哥哥瓦迪马相识，他可以作证。

希望我们之间在哈佛蒂丝·约恩多蒂葬礼的事情上已经了清。

腓特烈·B.弗利兹约恩森

另：今晚我梦见一只蓝狐。它沿着山坡一直往山谷深处跑去。非常肥硕，毛发茂密。

F.B.F.

这会儿这个傻子带领的队伍已经准备就绪，它从院场上出发，摇摇晃晃地下了山坡，一直到了河边上，人、马和棺材才恢复了平衡。顺着河边，人可以一路溜到山谷，径直到伯特的教堂门口。

药草专家腓特烈回到屋里。他希望傻子豪尔福坦不要打开棺材往里看。

1868年4月17日的周六，一艘巨大的货船搁浅在了位于雷克雅半岛的昂拉布落海湾。这个大家伙有三层，每层一根桅杆，周身漆黑。人们推断：第三根桅杆被砍断，船员逃生，遗弃了这艘船。这座废弃的海上宫殿是如此华丽，若非亲眼所见，让人难以置信。

顶舱空间巨大，简直可以装下一座农场。现在依旧可以看到舱内曾经精心装饰的痕迹，只不过所有的金箔贴面和色彩都已经斑驳，里面污秽不堪。之前似乎是隔成小的住室单元的，后来隔板被拆掉，地上到处散落着大块的木板。要不是一股人尿的骚味儿，这儿的一切看上去仿佛是鬼才光顾的地方。桅杆上没有帆，残存的绳索和碎片都已经风化。

斜桁已经被拔出，船上的守护塑像被捣毁。看得出来那曾经是个王后的模样，但它的脸和胸部被尖刀戳烂：很久以前这艘船一定是船长的骄傲，只是后来不幸落入贼手。

很难判断这艘船在海上航行多久了，也难说是什么时候被劫的。上面没有航行记录，船的名字几乎已经分辨不清，只在一处可见“...Der Deck...”和“V...r.ec...”的字母。人们猜测这艘船是荷兰籍的。

自从船搁浅后，似乎不太可能也不太吉利去占有它，也无法想象怎样让它重返海上。终于有一天，岛上的人们拥上了甲板，要大干一场。他们打开了顶舱，惊喜地发现，船上载满了鱼油。鱼油装在同样大小的桶里，桶被紧凑细致地码在一起。人们走了七个地方寻找撬棍，才最终找到足够大的把桶撬开。

三周的劳作，人们把顶舱的货物都运到了陆上。一共是九百桶鱼油。

人们用鱼油做各种尝试，结论是最好的用途就是点灯。从气味和味道上看，它跟大家之前用过的任何材料都不同，烧起来的时候有点像烧头发的味道。这时候别的地方的一些毒舌放话说，这些“鱼油”其实是“人油”，但是这些人最后也只是把这些话说给自己听，留给自己的当然还有嫉妒——没有什么可以减损这个国家西南角上人们受赐的喜悦，全能上帝就这样不经意地把礼物送到海滩上，不需要岸上的人一丁点儿的气力、花费，或者损失。

人们又打开了中间那层船舱，里面的油桶不比上面一层少。人们依旧像上一次那样兴奋地搬运着他们的货物。直到有一天，他们发现这艘船上有生命存在。有个东西在黑暗处动了一下，那是在船尾，一条过道穿过堆砌的油桶和船舱壁通到那里。接着又传出来叹气和呻吟——还有铁链碰撞的声响。

这样的声响让人们毛骨悚然。三个壮汉自愿要上前看个究竟。正当他们刚要往不速之客的方向挪动的时候，一个小东西从桶堆里爬了出来，人们差点冲上去用撬棍把它戳死，继而被眼前的景象惊呆了：

这是一个年轻女子。黑色的头发像野草一样从头上垂下来，层层重垢下的皮肤已经肿胀，浑身上下除了一条难闻的破碎布片儿，什么都没有。她的左脚踝上拴着铁链，铁链的另一端钉在了这艘大船的大梁上。从那张破烂不堪的床上，可以推测出船员们用她来做什么。还有一个包裹，她死死地抱着，谁都别想拿走。

“阿芭……”

她说，声音很空，空得让大家打了一个冷战。尽管他们问了她一些话，她却无法给出更多的回答。这些人才明白，这个女子是智障，有些人认为她好像怀了孩子。他们把女子和她的包裹带到岸上，交到区长妻子那里。她在那里吃了东西，在床上睡了两天两夜，换了衣服，之后被送到了雷克雅未克。

到了6月的第三个周日，当邮递船“大角星号”绕过雷克雅半岛的时候，装卸队伍依然在辛勤劳作。经过船身的时候，乘客们都聚集到后面的甲板上张望着这个被束缚的庞然大物。

运油工们停下来休息，跟观众们挥手。观众们懒懒地回礼，他们可是刚刚逃离了法罗岛北部连续三天的恶劣天气。

在这群人中间，有一个身材高大的年轻人。他披着一块羊毛质地、褐色方格的毯子，头戴一顶石灰色的圆帽，嘴上叼着长长的烟斗。

这个人是腓特烈·B.弗利兹约恩森。

药草专家腓特烈把烟斗装满，然后端详着客厅桌子上的包裹，一个小时之前棺材曾停在这里。包裹最外面是一层帆布，用三股编的绳子交叉系着——尽管17年了，它依然保存得很好。它大概有40厘米高，30厘米长，宽度刚刚25厘米。腓特烈小心地拿起它，举到与头齐平的位置，在耳朵边上摇晃。里面的东西是固定的，重有10磅，摇晃起来没有声响。

腓特烈把它又放到桌子上，进了厨房。他取了一根火柴，在炉子里引着，然后把火苗移到烟斗边上，一边点一边缓慢而均匀地吮着。烟草噼啪作响，他狠狠地吸了一口，那是今天的第一口烟，随后往外吐，边吐边念叨：

“阿芭拥有‘Umph’。”

在阿芭的嘴里，“Umph”指的东西可多了，比如：盒子、箱子、首饰盒、船、储藏室。

腓特烈一直想知道包裹里面到底有什么，经常摆弄它，而今天，他的好奇心终于可以被满足了。

腓特烈在回到冰岛三天后遇上了哈佛蒂丝。他那天去他的老师G先生家赴晚宴，喝了海量的咖啡，又唱了几首歌，之后他就听从了双脚的使唤。他的双脚轻快地带着他路过一个叫柯沃辛的铺子，经过市中心，往南过了碎石地，之后到了海边，沿着海奔跑，对着无限的远方叫喊："我赞美你，大海，你是自由者的镜子。"在这个仲夏的时节，苍蝇围着花茎嗡嗡着，剑鸻尖声啼叫着，午夜的太阳光低低地洒在草地上。

那会儿的首都并不大，一个腿脚健全的人能在半小时内绕它一周，所以没过多久，腓特烈就回到了他今晚散步的起点：那个头发花白的G老先生家后院的小道上。厨子的儿子从后门出来，小心翼翼地端着一个托盘，上面有一个锡罐，土豆皮，鲑鱼皮，以及碎面包，都是今天晚宴的残羹。

腓特烈停了下来，他看见小伙子端着东西走向一间破棚，它倚靠在后院稍大一点的一间屋子上。他打开了门闩，把托盘推了进去。从棚子里传出爬动、鼻息声，咔嚓之后是嘟囔。小伙子迅速撤回了手，关上门，紧步地往回走——正好撞在了腓特烈身上，他已经走进了院子。

"你们藏着什么？ 丹麦商人？"

他半开玩笑地说，以此来缓和任何坏消息会带来的气氛。小伙子被惊到了，好像撞上了吹牛大王闵希豪生[1]嘴里的月球人，气呼呼地说：

“是那个上周刚刚扔掉孩子的贱人。”

“什么？”

“是的，她在墓地被学生奥拉弗·约纳森撞见，正在埋葬一个婴儿的尸体”。

“那她为什么在这里？”

“说是区长让自己的舅舅收着的吧。不可能让她跟一帮男人们一起关在拘留所里，我妈妈是这么说的。”

“那之后怎么处理？”

“好像说是送到丹麦去受审，然后回到冰岛后低价卖了。如果她还能再回到冰岛。”

小伙子鬼鬼祟祟地看了一下四周，从衣兜里掏出一只小的烟草包。

“其实我不该到处说在家里听来的事情……”

他打开烟草包，放到一只鼻孔下，使劲地吸了一口。对话就这么结束了。趁着厨子的儿子忙着打喷嚏的空儿，腓特烈来到了棚子前面。他蹲下来，打开小门，往里

1 德国作家毕尔格 (G. A. Bürger) 作品中的人物。

望。里面很昏暗，但是通过顶棚上的缝隙透进来的夏夜的蓝光，眼睛还是能慢慢看见。他看到了角落里一个女人的轮廓，这就是犯人了。

她两腿平直地伸展在地面上，上身前倾，压向饭菜的托盘，像只布偶似的。她用一只小手抓起一块土豆皮，用它把鱼皮和面包扒拉到一起，再用土豆皮圈在一起然后送到嘴里，仔细地咀嚼着。她喝了锡罐里的水，之后长出了一口气。这个时候，腓特烈觉得自己已经看够了人间不幸，他摸索着试图关上棚子的门，但是手撞上了墙，发出了声响。角落里的人突然警觉了起来，她抬起头，直勾勾地看着他的眼睛。她笑了，笑容让世上的快乐加倍。

但是还没等到他向她点头，笑容就从她的脸上消失殆尽，取而代之的是一副悲苦的表情，腓特烈突然大哭起来。

腓特烈解开包裹，把绳子顺着左手的手指头绕起来。之后让线团滑下手指尖，顺势塞进了马甲的口袋里。他打开外面的帆布，露出两个大小一样的盒子，用褐色的蜡纸包着。他把它们并排放好，然后同时打开。里面的东西是一样的：黑色的木块，每个里面都是24块。他把木块展开，好像铺开一副扑克一样。每块的一面涂成了黑色，另一面其实是白色的，也不都是，其中一组中有几块是黑色和绿色，另一组里有黑色和蓝色的搭配。他挠了挠胡子。

“我说啊，阿芭，这可真是个玩意儿呢，你一辈子都随身携带的拼图。”

这会儿达尔山谷里的布莱卡上演了一幕复杂而神秘的景象。农场的主人小心翼翼地摆弄着拼图的每一块，翻来覆去地观察。在绿色和蓝色的木块上有文字——一句拉丁语的句子——这就简化了这个谜语。

他开始拼凑。

从蓝色的木块开始。

腓特烈·B.弗利兹约恩森于1862—1865年间在哥本哈根大学专攻自然学。但是他没有取得学位，这在他的冰岛同学中并不稀奇。过去的三年里，他供职于艾利冯特药房，这个药房当时隶属于大帝街的医药商厄努斯杜帕管理。腓特烈一直做到了配药助理的职位，帮助药剂师做麻醉剂的编目记录：醚、鸦片、笑气、蛤蟆菌、颠茄、氯仿、曼陀罗、印度大麻和古柯。除了各种医疗用途，这些东西是哥本哈根“食忘忧果者”[1]的最爱。

“食忘忧果者”是以法国诗人的作品为理想生活方式的一群人，这些法国作家包括波德莱尔、奈瓦尔、戈蒂叶和缪塞。传闻他们经常聚会，但是没有多少人亲眼看到过。据说在这样的聚会上，药草把客人们的肉体和精神一并带到新的世界里，很迅速也很温柔。

腓特烈曾经是这些聚会的常客。有那么一次，一群人吸食了醚，进入过山车的状态，他突然站起来，对同行的人说：

“我看到了宇宙！那是由诗筑成的！”

在周围的丹麦人看来，他说这话特别的“冰岛人”。

1 “食忘忧果者”：又称为“食莲者”，相传奥德修斯发现食用忘忧果足以致幻，也会致瘾。

相比起来，腓特烈1868年回冰岛之行完全是世俗之事。那年春天父母双双死于肺炎，中间相隔九天，他回来是为了处理掉他父母的老宅子。老宅子委实没什么东西：偏远的农场布莱卡，名叫“弯角”的奶牛，几只皮包骨头的母羊，一把小提琴，一副棋盘，书架子，他母亲的织布机，还有一只叫“小菲里”的猫。因此他原计划只是短暂逗留，尽快把牲口卖给周边农场，还清欠款，收拾东西，勒死那只猫，烧掉已经快要倒掉的房子。

如果命运没有丢给他一个谜语的话，他只消做这些。不过，在那个6月的白夜，在那个肮脏不堪的棚子里，他的计划被打乱了。

木块在腓特烈的手里来回搓动，一个看上去不可解释的谜语好像在控制他的双手，更确切地说，拼图好像有魔力一样在自己排列。腓特烈熟练地把一块并上去，棱角刚挨上，两块就严丝合缝地拼好了，下一块也是如此，再下一块还是如此。最后蓝色的形成底座，其他的是围墙，看上去就像是一个长而高的水槽，里面是白色，外面是黑色。

底上的句子是拉丁文：“Omnia mutantur, nihil

interit.”腓特烈大笑了一声：“世间皆变，无物消亡。”他想象不出怎样狡猾的工匠给了哈佛蒂丝这个物件，并为它挑选了一句奥维德的诗句。

房屋后面传来牛叫声。

解题者从思索中缓过神来，是“弯角”母牛下的崽儿叫着要服侍。腓特烈放下手里的活儿，往牛圈走去。他如今还没有适应布莱卡新的生活格局，阿芭曾经是那个照料牲口的人。

住学生公寓的学生有20克朗的助学金，这些钱包含着一项工作，就是给那些没有亲戚朋友的过世者送葬。腓特烈像其他人一样，接受了这个苦差。又因为他嗜书如命，总是欠着霍斯特书商的钱，于是他又欣然接受了城市殡仪馆的夜班一职。之后又给自己加了一件事，给一个病理解剖学的学生翻译外国的医学论文，这个人住在克里斯蒂安那[1]，人傻钱多的主儿。许多个夜晚，腓特烈坐在冒烟的油灯旁边，将那些让我们人类生命得以延续的新手段翻译成丹麦语，而在他的周边，停放着尸体，没有任何拯救的希望，虽然医学界刚刚发现了让人振奋的电击疗法。

在1866年第三期的《伦敦医院报道》中，腓特烈读到了一篇描述先天愚型的文章，是一名伦敦的医生，约翰·朗顿·唐写的。文章试图解释一个长期困扰人们的现象：有时候白人女性会产下类似亚洲体貌、发育不健全的婴儿。医生们猜想，母亲的疾病或者孕期受惊吓，导致了孩子的早产。在广泛接受的胎儿发育阶段里：鱼类—爬行类—鸟类—狗—猿—黑人—黄种人—印第安人—白人，每个阶段的早产都是可能的，但是似乎在第

1 丹麦市中心一群无政府主义青年建立的自由城。

七阶段更经常。

患有这种病的孩子是没有完全发育好的；一般认为他们一辈子都幼稚和软弱。但是和其他弱小的种群一样，用正确的方式和耐心，可以教会他们很多实用的技能。

在冰岛，这样的胎儿刚一出生就被解决掉了。

不像其他类的智力缺陷，到孩子几岁才发觉，没人分辨不出唐氏综合征孩子，他们一看就是不同的菜谱制造的，甚至是不同的材料：头发更密，面色呈现黄色，躯干壮实，皮肤松弛，眼睛上吊，好像帆布上开的口子。

不需要证人，在孩子发出第一声啼哭之前，接生的人就捏住他的口鼻，把他打发回到人类被舀出之前的灵魂大锅里了。

孩子被说成是死胎，尸体被交到最近的牧师那里。他证实了孩子的种类，埋掉可怜的家伙，就再不会有下文了。

但总会有这样的婴儿存活下来。这种情况经常发生在上帝都顾及不到的偏远之地，母亲坚持认为自己能够应付这个孩子，没人能说服她。之后这个孩子往往会走失，在自己的无知中不知所措，结果，有些变成了山路上的一堆白骨，有些在农场上被人发现奄奄一息，有些闯进了无辜者的生活。

可怜虫不知道自己是谁，不知道风把他从哪里吹过来，上苍却早就规定了他最后到达的那个农场要收留他。

农场主往往对这个天堂来客感到厌烦，而家里的其他成员则感到羞耻，因为他们不得不跟一个不健全的人同处一室。

毫无疑问，雷克雅未克区长亲戚家后院里关着的那个女孩，就是这样的一个人，除了嘴里的呼吸，什么都没有。

她把手上的食物擦干净，过去抱住了这个在棚子门口大哭的年轻人，念叨着安慰他：

“Furru amh—amh, furru amh—amh.”

达尔山谷暗了下来，午后不久，夜色就爬上了山坡。夜的黑暗，仿佛发源自伯特教堂墓地西隅一个刚挖的墓坑：那里最先暗下来，然后全世界都暗了。借着灯光，还是可以清晰地看到：四个人抬着棺材出现在教堂墓地的门口，牧师紧紧地跟在后面，再后面是几个身着黑色衣服的老女人，每每有葬礼的时候，她们却依然安康无恙。送葬队伍脚下很快，好像在跳舞，步子零碎，因为通往墓地的路上覆盖着冰。虽然刚刚在教堂里挽歌响起的时候，豪尔福坦·阿特拉森被派去除冰，但也没起多大作用。这会儿他站在栅栏门边上，敲着挽钟。

风载着铜钟的歌声，沿着山谷，进了腓特烈的客厅，在那儿他听到了钟的回声——不，是他意识到此刻阿芭的葬礼正在进行，这个想法敲响了他脑海里的一座小钟。

他把另一组拼图的最后一块摆上去。跟原来的那一组一模一样，只是底部是绿色，拉丁语句是另一句，仍然出自《变形记》的作者："担当合适，负担变轻。"伯特农场这边，当博德牧师的搬运工把棺材沉下黑黢黢的墓坑的时候，山谷里不仅没有全黑，反而还能看清楚哈佛蒂丝包裹的内容。这个包裹，从她来到达尔山谷的那一天就一直带着。区长亲戚的得意门生，腓特烈，以"无知"为理由为她遗弃孩子的罪行保释，并且以监护她直到死作为条件。

是的，如果两组拼图对到一起，就形成了一个艺术感十足的精致棺盒。

腓特烈骑马带着他的特别的女仆回到了北方，安顿在父母遗留下来的布莱卡农场。那时候，这个地区的牧师似乎在职业倦怠期。他被叫作“独眼雅可布”，姓哈斯森，据说在小的时候，他用鱼钩把一只眼的眼球钩了出来。

这个牧师对其子民的不雅习气习以为常——打架、打嗝、放屁、说笑——以至于他对阿芭的行为视而不见，阿芭在他祷告的时候重复他的话，大声而清晰，但总是跑调。他更加担心唱诗班领唱吉利·司谷吉拉森会在乡民们的口水中淹死。领唱来自巴纳哈鲁，身板壮实，唱起歌来抑扬顿挫，高音部分嘴张得特别大，能看见他的嗓门打开。教堂里的人们在高音的时候往他的嘴里扔嚼过的烟草，以此取乐，有几个人扔得特别准。

四年后雅可布牧师死去了，人们很是怀念他。大家觉得他虽丑陋而无趣，但是对孩子们很好。

他的继任者是博德·思古森。新牧师的到来，开启了达尔山谷教堂文明的新时代。人们纹丝不动地坐在长凳上，当他念祷告词的时候，所有人都闭着嘴。他已经展示过了忤逆之举的后果：他让他们在祷告之后见他，把他们带到教堂后面，好好揍一顿。女人们从他到来的第一天起就变得很端庄，装出她们从来没有取笑过“独眼”牧师的样子。她们认为，她们嫁的或者订婚的那些傻小子们罪有应得，还认为他们早该被教训教训了。新的牧师是个没有孩子，死了妻子的男人。

来自巴纳哈鲁的吉利比以往任何时候唱的都大声，速度快得像个活塞，嘴张大到嗓子眼儿打开。腓特烈被要求把阿芭留在家中，上帝的话语必须传到众人的耳朵，“而不被傻子的诳言所打扰”。博德牧师原话是这么说的，在第一次也是唯一的一次阿芭参加的礼拜上。

他在这个问题上绝不妥协，他甚至不愿看到她出现在自己周围。那些刚刚被驯化的文明的子民们，也都不愿意站在弱女子这边，虽说这个女子把穿戴整洁和大家一同坐在教堂里看成是最好的时光。

从这时开始，腓特烈和哈佛蒂丝就跟达尔山谷的人们很少交往。豪尔福坦·阿特拉森在可以的情况下会去偷偷拜访阿芭。而牧师如果在路上偶尔遇见他们俩，都会绕个大圈走开。

达尔山谷的教堂墓地位于伯特河的河岸上。那是一条不大不小的河，水流平缓，有点儿深，河岸很高。岸边是片片的沼泽，覆盖着丰厚的泥炭，满眼都是具有迷惑性的铁锈一样的褐色。白雪覆盖的冬天过后，河水疯涨。它带着魔鬼般的力量顺着河道冲向前方，浑浊的冰川融水溢上河岸，填满沼泽，在墓地里形成一片湖水。教堂则屹立在中间的高地之上。这个四面被水包围的上帝的房子不再适合做礼拜。整个冬天，大地吸足山间乳汁，直到水仅仅没过少女的脚踝。到了夏季，神圣的土地变得微醉，在人们脚下微微颤动。

这样几个回合之后，河岸被冲垮，教堂墓地被卷进河流。人们看到大自然对尸骨并无更多关爱，一切都如同一锅粥似的搅在一起，牙齿，尾骨，脚指头和手指头，大人和小孩，下颌骨和头盖骨，这是屁股，那儿是女人的盆骨，这个世纪的脊柱，上个世纪的男人的胃。

不，没人说过达尔山谷的“上帝的花园”是文明的。人们得是多好的邻居才会在这样的情况下还甘愿出门去拜访？

这样就在1883年1月8日，博德牧师在教众的陪伴下举行了葬礼。在腓特烈看来，这群人不能允许一个智障的人跟着自己崇拜的牧师祷告，那他们也就适合给这送葬了：被罩里塞着30公斤的牛粪，一只老母羊的骨架，一个空的冰岛烈酒桶，几根腐烂的木桶板儿，还有一个发霉的尿壶。

阿芭值得拥有一个不同的灵魂伴侣，美丽的土地。

诗人们管自己的月亮朋友叫作“鬼日”，这个名字很适合今晚，灰白的月光洒在布莱卡农场一个斜坡的树丛上。这片林子是阿芭和腓特烈共同创造的奇迹。不过他们所做的大多数事情都成为达尔山谷居民的笑柄，这片林子尤为如此。

花楸树把影子写在了积雪表面，光秃的树枝间传来了簌簌的风声，偶尔能看见一根树枝上还嵌着一束莓果，是去年鸟儿们落下的。

腓特烈上了山坡，脚下沉重，胳膊托着一个女人的尸体。树丛中间是个新掘的墓坑，边上是一个开着口的棺材。他走到那里，把尸体放进去。然后匆匆离开，月亮依旧在那里。

哈佛蒂丝通向安息的旅程是精心安排了的。她穿着原来礼拜时才穿的盛装，衣服的每个细节都照应到了：头上戴着有长流苏和银圈饰物的帽子，脖子上是紫色的丝绸领结；夹袄是英国的料子，夹袄里层衣物带着绣花边，围裙是用玫瑰花纹的锦缎裁出来的，白银的扣子上装饰着艺术化的字母A，裙子的下摆缝着法兰绒的蝴蝶结，脚上裹着红色的短袜，黑色的裹腿，鞋子是用帚石楠草染过的小牛皮做的，缝合的针脚是白色的，手上是黑色的棉手套，手背的一面织着一朵四色的玫瑰花。

这些珍贵的衣服是阿芭自己买的，用自己在布莱卡农场帮工挣来的钱。这个农场的工作有些不同，一是采草，二是绘制冰岛植被图册，正如在德国的《画报》上介绍的，“有57个真实的干制的样本”。这样的书一般都是浪漫的小伙子送给热恋的女性的，最后几页通常留白，以便他们填上美妙的诗句。

腓特烈跪在棺材的一旁，手里拿着另外一本书。很厚，有赞美诗集大小，书页间一根羽毛支棱出来。这是阿芭的“鸟集”，饱含着她收集羽毛时的热情和精准。她曾经把羽毛粘在书页上，之后指导腓特烈写上鸟的名字和种类，以及发现地。他常常想阿芭从哪里知道的这么多关于鸟儿的知识，但是在阿芭那里他得不到答案。他曾试图教她一些关于植物的东西，她总是礼貌地回绝，说自己只对鸟儿感兴趣。

书的题名页是她自己写的：

“世界的鸟儿——儿们——布莱卡的阿芭”

腓特烈把书放在阿芭的胸前，又把她的两只手交叠放在了书的位置。他不经意用力过大，通过厚厚的手套捏到了她小小的手指头。他觉得心情好了一点儿，他失去双亲后，就是这双手曾经安抚过他。

他吻了她的额头。

他盖上了棺材。

腓特烈把墓坑填满。之后摘下帽子，叠起来，揣在上衣口袋里。他又摘下手套，夹在腋窝里。

他跪下来。

他耷拉着脑袋。

他悲痛地叹了口气。

他直起身子，直愣愣地盯着土地，脑海中呈现出阿芭的脸。他要送给她两首诗。第一首是乐观欢快的，他自己写的关于鸟儿的诗：

夏日的鸟儿歌唱着
在阳光明媚的日子：
幸福带领着我，
走在宽阔的大道
去见我的朋友。
小小的鸟儿唱着
关于它的花楸树的歌。

第二首是一首古老民谣的前奏，说的是所有生命在终结时刻的平等，不需要挣扎就存在的：

大地沉陷，
一切都变老，终结，
血肉变成泥土——
不管它裹着多好的衣衫。

他站起身，把帽子戴上，手插进口袋去摸一支羊腿骨做的笛子。然后他吹了一段舒伯特的《夜莺》，把两首诗连接在一起。

腓特烈的双眼终于噙满了泪水，顺着脸颊流下来，在中途蒸发了。外面很冷。他用哈佛蒂丝平日跟他告别的方式告别：

阿芭——íbó!

西边的山峰之间看得见茫茫天宇，天鹅座的三颗星闪烁得格外醒目。

厚厚的乌云很快笼罩住了山谷，雪一直下到了第二天的早晨。

天空晴朗，朝霞跟深冬的黑夜一般浓重。在布莱卡的场院上，腓特烈隐藏在农场入口的门后，用烟斗抽着鸦片浸过的烟丝。

有什么东西扫过他的脚，他一看是北欧最老的那只神猫“小菲里”。他在自己的“冬之旅”[1]后有点冷，想让主人放他进屋。腓特烈就给他开门去了。

不大工夫，腓特烈看见伯特的农场上走出来一个人。是博德·思古森，大地上一个突兀的影子。左肩上露出一截细长的杆，他的枪。

他顺着山坡往下，穿过奥萨河向北面的巴尔奇山奔去。

腓特烈在鞋跟上敲掉烟斗的灰。

之后进屋睡觉。

---

1 《冬之旅》为舒伯特创作的曲子。

III

1883年1月11—17日

枪响了。旷野里神圣的宁静被打破，好像是一张纸突然间被撕开。

枪膛里喷出一团火星儿。

火药的爆炸声似乎在叫喊：

“听命于他！”

狐狸随着一声惨叫弹到空中。

博德牧师爬起来。

发紫的太阳和火的光束让他的眼睛感到眩晕，耳朵里轰鸣着巨响。他的双腿因为埋在雪里而僵硬，而他一活动，血液就开始流向全身。

牧师踉跄着走到石头跟前，盯着狐狸。没错，她就躺在那里，一动不动了。他蹲下来，右膝着地，揪住狐狸的尾巴把她提了起来。她看上去皮毛完整，能值点钱。

他站起来，把狐狸塞进了衣服里面。

奥斯赫马山的制高点叫作东高峰。山峰主坡大体朝西，但是因为上面有一个刀削过似的角，使得这个叫作“东高”的山峰实际上朝向西南偏南的方向。

东北风送来的暴风雪，在这个峰面聚集，大片积雪从山峰一直覆盖到山脊。

博德牧师就站在这上面。左手握着射击武器，右手缩进了上衣袖子里，好像沙漠中的拿破仑。

突然，山峰回应了他的枪声。

积雪随着一声巨响从中间横断裂开，松散的雪片围着博德牧师环绕起来，把他包围，也挡住了他看往任何方向的视线。下面的一片积雪开始向山下滑动，也卷着牧师一起。

他顺着山崖往下翻滚，一会儿手着地，一会儿脚着地，毡帽和枪都丢了。他这样子滑了很久，终于抓住一个两脚同时着地的瞬间，从雪崩中站了起来。他刚刚立起，却被一块掉下来的雪块砸得仰面朝天。之后他继续往下滑，一会儿在雪上面，一会儿被雪覆盖，有时候盖一半儿，有时候几乎全部覆盖满了。他就这样飞了起来。

他一直保持着清醒，也没被雪埋很长时间。

猎人就这样走了二百多米后，雪崩停止了下滑。这个位置在奥斯赫马山坡上的一处洼地，人们把它叫作“弗蕾亚的凳子”[1]。下面又是几个陡峭的斜坡儿，叫科因那，一直延伸到冰川底下。

博德牧师一动不动，试图先定下神儿。因为一路上几乎没怎么呼吸，他接不上气儿，咳嗽了几声。他的胸腔无法张开，雪从各个方向紧紧压着他。除了头和右肩，他全身被雪覆盖。他试着动弹，但是仅仅能动动右脚和耸耸左肩。脚虽然麻木了，左大腿却很疼，他推测可能骨折了。

天气变得温和，空中飘着薄云，温柔的南风吹来，旷野上空挂着冬日的太阳，又红又肥，好像一只黑鸦蛋的蛋黄。这样的宁静，一直停歇在昨日风暴的翅膀上。

1 弗蕾亚为北欧神话中负责繁衍的爱神。

一片黑影落到了积雪上，不大会儿一只黑鸦落了下来。它歪着脑袋，观察这个困在雪里的人。博德牧师全身一激灵，转而大骂起来：

“滚开，你这丑陋的，奥丁[1]的走狗！”

但是黑鸦并不比往常更听话。它朝同伴叫了一声，转眼间另一只黑鸦也落了下来。它们来回溜达，磨蹭着喙，时不时地向猎人伸着脖子，放出几声食腐鸟类的哀鸣：

“啊——啊——”

它们小跳着朝他靠近，仿佛是饥饿的客人碰见了饕餮盛宴。大个儿的黑鸦成功地叼住了牧师的围巾，往外拽毛线的针脚。博德牧师觉得是时候停止这样的挑衅了。经过长时间跟积雪的较量，他终于可以挪动右脚，之后又把手抽了出来。

费了很大劲儿，他才从这雪地的坟墓中爬了出来，一边爬一边阻止黑鸦的进攻，要么掷雪球，要么大声叫骂。

1 北欧神话的主神，黑鸦是他的信使和他的眼睛。

虽说这会儿博德牧师终于到了地面上，他也没有完全脱离积雪。在往下滚落的过程中，雪已经灌进了他的衣服。衣物的夹层里都是雪，紧贴着身体也是。冰冷的融雪开始贴着他的皮肤往下流，从腋窝流到胸背，最后流到鞋上。

雪水在牧师受尽折磨了的身体上渐渐温热，他低声嘟哝着。

博德牧师开始思考回家的路；看上去他得沿着岩石带往西，一直走到冰川的边缘……或者往相反的方向看看能不能沿着马亚达河……或者……他还没想好，思路就被黑鸦的叫声打断了。它们正忍着极度的饥饿，弓起后背，来回溜达，躺在雪地上打滚，呱呱地叫，用翅膀拍打着冻僵的大地。

他对鸟儿挥舞着拳头，大喊道：

“闭嘴吧！否则我把你那该死的脑袋拧下来！”

达尔山谷的居民都知道一个治疗头痛的偏方：在盆里把黑鸦的脑袋烧成灰，再混合浓碱水，把混合物涂抹在疼痛部位，痛感就会消减。

也许是巧合，黑鸦听从了牧师的话。它们同时安静下来，继而从雪面上飞起来，翅膀没怎么扇动，轻盈地离开了山崖的底端。上升的气流把它们带起来，一直送它们上了蓝天。

那个瞬间它们是美丽的。

博德牧师使劲地清了清嗓子，想要呸一口黑鸦，但是没等这口吐沫出来，他听见上边传来一声远远的呼啸声。他转过头，扫了一眼奥斯赫马山的顶峰。雪盖的上半部分已经从最高处消失了。

几乎同时他遇上了雪崩。雪崩从牧师的后面冲过来，把他从悬崖底部卷了起来。一路上他几度刮蹭到石壁，连盔式大绒帽都吹飞了起来，脖颈上被削下一块肉来。

被雪崩卷着下行，他突然想到，一般来说如果身体放松，伤害可以降低。到了科因那坡，他停下了那么一瞬间，之后又以之前两倍的速度冲了出去。这次，头在最前。博德牧师觉得这可能是自己最后的时刻了，所以当然得跟命运抗争一下。他试图从雪中抬起头，尽最大努力抬起头。

牧师感觉被激烈的暴风雪包围了，不一会儿，他感觉呼吸困难。

又过了不久，牧师在雪崩中的地狱般的旅程就结束了。

经过是这样的，如同大海的波浪击打在岩石的海岸，下滑的雪撞到了冰碛，把男人甩了出去，甩到了一个岩缝里：上个冰川纪末形成的一个长条形的空洞，冰川过境时舔噬着山脚，吞掉了30米长的岩条。

也就是说博德牧师落在了冰川下面的岩槽里。

上面被雪以全部的重量死死封住。

他躺着，右腿是直的，大约在距离头部一米的上方，左腿是弯的，左胳膊搁在腹部上，右胳膊也是弯的，拧得有点奇怪。随身的口袋已经从左胳膊上松了下来，皮带套在了左肘上，上臂动弹不了。

牧师的情况不妙，但是并不影响他，因为他已经没有意识了。

还算幸运的是他是有备而来的。

他的母亲，娜尔·瓦迪马给他预备的狩猎的衣物，内衬是厚厚的生羊毛织成的，密密实实，可以单独立住，中间是野兔毛做的夹衣，再外面是两件羊毛衫，一件薄，一件非常厚，丹麦裤，三双毛线袜子，没有刮过毛的海豹皮做的鞋子裹在脚上。最外层是皮裤和皮袄，两排鲸鱼骨做的扣子。

最值得一提的是娜尔亲手织的围脖。他最开始用围脖缠绕着头部，以此来迷惑狐狸。有了套头的装备，他在第一次的滚落中没什么大的损伤，除了丢了那顶手工的德国山羊皮帽。在第二段路程中，里层的盔式大绒帽虽然已经都快吹到了头顶，却一直还在头上。

胸前揣着可怜的狐狸。

男人身后的岩石打开。门口站着一个年轻女子，身上只穿着蓝色的编织内衣，头上戴着有流苏的帽子。她拉起男人的手，带他来到一间低矮的房间。地板的中央是一眼泉，水上漂着铅质的子弹，但是子弹不下沉，因此一眼看上去泉水是灰色的。

她指着泉水说：

“这是‘生命之泉’。”

牧师清醒了。

冰川把蓝色的影子投在岩缝里，借着昏暗的光线，博德牧师分辨着他所处的环境。他躺在岩壁角下，应该是东面的岩石。在睡梦中他似乎挪动了左脚，而右脚仍然被死死卡住，直直地向上。无论怎样使劲，他都起不来，不能转身，也不能出来。

几次努力，让他迅速体力不支，眩晕向他袭来。他再次失去了知觉。

他突然醒过来，只觉得自己打了个盹，他跳了起来，着地的右脚溅起响亮的水花。这时他清楚地看见一道彩虹穿过岩洞的嘴，照在冰川的眼上。他不明白这五光十色是从哪里来的，只是猜想外面应该是夜晚，北极光姐妹一定是一直跟随着自己——她们用这种方式跟自己的老朋友打招呼，跟他——博德·思古森。

牧师觉得她们真是热心肠。

他觉得冷，于是试着活动，很快就又暖和了起来。整夜里他时睡时醒，醒的时候活动一下，但也不能过多，以保持体力。勒住右胳膊的皮带越发紧了，但是他却够不着揣在腰里的刀去割断它。

他明白在雪里是能够活一段时间的，只是冰川做被子冷了点儿，更糟的是不久他就会被浸湿，因为周围的雪开始融化了。

转眼到了第二天的夜晚。

早晨，博德牧师身体的引擎释放的热量作用到了左胳膊和头部的雪。他清醒了一些，也可以用肘支撑身体起来。他注意到他头部枕过的雪是黑色的，紧接着他感觉后脖颈一阵疼痛。他摘掉手套，手伸过去触摸：在颈骨和领子之间的肉开裂了，好像那里多了一张嘴。

他又触摸了伤口好一会儿，才把手收回来。他手上沾满了血，在石头反射的光线下，看上去是黑色的。博德牧师舔净自己的手指，营养的东西一点也不能浪费。之后他把手套垫在伤口上，把围脖系上，系紧。

之后沉睡起来。

黄昏到来，不是逐渐地暗下来，而是一瞬间的，漆黑一片。

到了深夜，十之八九是那个时候，他感觉雪中一片湿。快到第四天的早晨，博德牧师周围的雪化了不少，他可以解开腰带，取出刀子，割断束缚着手臂的皮带。他坐了起来，把口袋拽到面前。那是他的食物，干的鳕鱼头。

干鱼头不仅仅是很爷们的食物，那简直就是消遣。他从上面切下鱼肉，用刀子送到嘴边，尽量慢慢地咀嚼，以使吃的时间更长。然后他开始以辨认头骨和鱼肉碎屑来取乐：

颌骨上的颌骨肉，肩胛骨上的肩胛骨肉，枕骨上的枕骨肉，黑鸦骨上的黑鸦骨肉，腭骨上的腭骨肉，鳃上的鳃肉，颈骨上的颈骨肉，鱼唇上的唇肉。

“这是圆的，那是钩子，那是刺！”

博德牧师哈哈大笑。他看到一个很老的女人，他的妈妈，用鱼的钩骨抵住下唇，念叨着：

“我的一小口，我的一小口……”

牧师按捺不住了，捂着肚子笑起来。他一直笑地叫了起来，又叫地哭了起来。他哭着，哭得很是伤心。

是啊，他伤心于自己悲惨的命运，而干鱼头的乐趣只有自己知道，而没人分享。

到了第五天，冰川下的牧师开始担心自己的神志。一个冰岛人在困顿之际必做的一件事就是吟唱韵律诗：四行短诗、长诗，大声清晰地唱给自己听；如果所有的都唱完了，还有赞美诗。这是流传很久的秘方，对那些需要保持神志的人来说。

博德牧师非常认真地对待要完成的项目，吟唱了所有他知道的，甚至还唱完了大卫的赞美诗。最后，他没的可唱了，除了约楚穆森牧师的《大维特》，还有自己同事索拉林森的打油诗。但是他不想唱这两首，想再找找别的。他突然发觉他刚刚吟唱过的好像在记忆里被抹去了。没有一个单词，没有一个字母留下。

他迅速决定要试试是否真的全忘了。他大声地过了一遍《赞美之歌》的所有段落，刚结束，就全部都忘了。

之后他又开始吉斯里牧师的诗。

赶集购物单

纸、墨、笔、蜡，

胡椒、姜、麻、革，

玻璃，烟草，铁毡，
红酒，朗姆和栅栏，

葡萄干，枣子，麻油，
一百磅的咖啡，钩与箔，

从此我的需要很平常，
当我找到索格里森。

这会儿老婆醒了哟，
买了一桶的烧酒，

洗衣皂、丝绸、水壶，
六只盘子和一个尿壶，

小装饰和小花哨、卡片和方巾，
她好像为了灵魂和生命在血拼，

我想要是依了她，

她每天都要买东西。

诗歌不——不停歇地在那——男人——脑——子里如同——玻璃杯里面困着的苍蝇，他无法停止。他——他觉得好像是热，又好像是冷，冰一样的热，火一样的冷。他试图——试图再回——想——其他的——故事，其他——的诗歌，但是所——有——都消失了，消消——失——失了，从他冻——结——的记忆里，他热开——锅——一样的大脑里只有这——这个：

——哎咿，哎咿——哎，真——要——这样——一点一点的死去吗！嘴——上——嘴上——唱着——这个——荒——唐——荒——唐——的购——购——物——单——

牧师这样想着。他闭——闭紧了嘴，以便，防止，临终遗言变——成，比如说，“一百磅的咖啡”。尽管，事——实——是，没有，没有人，会见——证——他的最后一刻，除了几根碎——骨头，三——三——位一体——上帝，不过，不过，他不在乎。突——然——地，博德牧师觉得，觉得自己，很可怜。

他——他对着——黑暗——低语：

“这，这是个，可恶的——洞——穴……”

他立刻感觉好了很多。

他闭上眼。

等着死亡。

“呵！博德牧师！博德·思古森！呵！”

叫声传到将死的人的耳朵，听上去好像从鲸鱼肚子里发出来的，很闷，但是距离又使它听上去有点刺耳。

“呵！博德牧师！呵！”

牧师从睡死的疲惫中惊醒：

“呵！我在这！呵！”

他又突然闭上了嘴，等着回应：

“呵！呵！呵！”

他把盔式大绒帽扯下来，把右耳朵伸向乌青色的冰墙，什么也听不见——他又把左耳朵伸过去：没一点儿声响。

“在下面！呵！在下面！”

他大叫了一声，然后又专注地听，小心翼翼地挪动身体，这样皮革衣服的摩擦声不至于掩盖了外边的声音。没错！来了，近了。一个尖细的声音在叫着：

“你在那里吗？呵！”

“呵！在这！呵！”

博德牧师使尽浑身的力气叫喊。

“想把人弄聋吗？”

博德牧师的心脏停了一下。这问话的不是什么在雪面上的找他的人，不是，这个粗鲁的声音就来自洞穴里，不仅在洞穴里，而且离他很近，或者说，就在他身上。

牧师惊恐得叫了起来，狐狸在他的胸部搅动翻滚。他在湿乎乎的地面上挣扎，慌乱中使劲儿把皮袄扯开，鲸鱼骨扣子全部脱落不见了。（这可是天大的罪过，因为这是他的同父异母的兄弟哈罗德亲手做的，送给他的坚信礼[1]的礼物。）

狐狸一下子跳到了洞穴的地面上，就地转了一圈，坐了下来，开始跟家猫似的舔舐着自己的皮毛。

1 基督教社会的13岁少年成为正式的基督信徒的仪式。

博德毕竟是饱学的牧师，他很快镇定了下来，变成了自然学者，用科学的眼光审视着这个家伙的一举一动。

虽然被打懵了六天，它的状态还真他妈的不错。它全然忘我的样子很可笑，一会儿舔净了皮毛上的血渍，一会儿又把尖嘴埋到毛发里啃，好像在为世界末日的到来捉虱子。

观察者一只眼睛眯了起来：

“看这东西，该死的！”

他拍了一下大腿：

“哈，吸血鬼在吸自己的血！”

这时狐狸吐出了第一颗子弹，子弹直冲牧师的脸颊。他大叫了一声，开始谩骂。狐狸就像不知道他的存在似的，继续清理自己，直到把所有子弹都清了出来：沾着血的子弹在岩洞里四下飞溅，子弹撞击的地方激起了火花。

牧师尽力躲避着这阵子弹雨，它们跟他擦边而过，听上去就像小矮人经过的嗖嗖声。

狐狸开始踱步，一会儿前，一会儿后，一会儿左，一会儿右，一会儿这儿，一会儿那儿。博德牧师在自己的地方安静地坐着，手搭在腿上。他尽量回避直视狐狸的眼睛；那是让人不舒服，深不可测的眼睛。

时间一分一秒地过去，似乎只有无尽的等待。

到了第二天破晓，狐狸停了下来，说：

“我说，我的牧师，我们干点什么？”

“我们可以讨论。”他说。

“该讨论些什么呢？”她问。

“电力。”牧师说。

狐狸像看一个傻子一样地看着他：

“你认为，像我这样的山兽会懂电力？那你糊涂得无以复加。”

博德牧师坚持这个话题，不过他提议让狐狸解一个谜语，如果狐狸解对了，那么狐狸决定讨论的话题；如果解不对，那么就讨论电力。狐狸同意了：

“说谜语吧……”

“巨响伴我生，而我却无声。”

狐狸想了一阵子——在牧师看来好长一阵子，但是他没说什么，不敢激怒她。终于她认输了。

"认输?"

牧师嘲笑着狐狸的愚蠢:"那就是个屁!"

于是自己顺势放了一个,作为论据。

"好吧,是的,"狐狸说,干干的:

"你就开始讨论电力吧。"

关于电力的讨论本应该在更加高雅的场所展开,而不是冰川覆盖的岩缝里面。实际上,博德牧师本应该去雷克雅未克就这个话题作一个公开的演讲。有个移民加拿大的冰岛人,想把爱迪生的福音传到这来,牧师原计划是去公开反对他。

如果不是雪崩把他留下来,牧师本该在狩猎的第二天早上回到达尔山谷伯特农场的家里,最后修改一下发言稿,四天后的1月15日中午到达首都,晚上在反对者面前亮明观点。算起来,这场会议应该在三天前就举行过了。不过跟狐狸争论一下,也可以算是补偿了。

那么,牧师在狐狸面前迅速梳理了自己的想法,反对电力,他是有理论依据的,而且是现代理论。博德牧师相信上帝是物质的,自创的,是可见可知的　　比如,"当雪落到人身上,雨就落在了上帝身上。"

基于此，既然粒子是塑造上帝的核心物质，牧师无法接受通过粒子的摩擦而产生电，被绳索和电线引向四面八方，甚至到了工厂里去开动机器，那些机器可能只是吐出肉丸儿，或者芥末酱。

她对此会怎么看呢？

狐狸决定以其人之道还治其人之身：

"如果电是这个世界构成的基本物质，光是它的表现形式，参照《创世记》的内容，上帝本身就以光的形式存在，虽说我们用肉眼看不见——就好像我们周围被漆黑的岩石包围了一样——那么，事实上不是说电线一下子把上帝送到了每个家庭里吗？甚至是他把整个城市点亮的，不是吗[1]？"

她带着询问的眼神看着牧师。他以沉默回应。她继续说道：

"如果灯泡里闪烁的是上帝本身，那对教堂和教堂的追随者来说，电应该是很值得推崇的。"

他什么也没说。是被打败了吗？不，狐狸没有注意到，在她说话的同时，博德牧师把刀拔了出来，藏在手

1 原文为法语，"n'est-ce pas"。

里，手冲着岩壁的一面。

他温柔地说：

“你觉得，我的狐狸小姐，你那电灯泡的光芒可以照进人的灵魂吗？”

还没等狐狸回答，他已经把刀插进了狐狸的心脏。

他用刀挑起狐狸，盯着她灰暗的眼睛；瞳孔已经浑浊得好像第一次霜降后的沼泽湿地，从中牧师只看到：她终于是死了。

尸体无力地摊在他的手上，他感觉到皮毛松松垮垮的；只有魔法附体的猫是这个样子——那天晚上当她变身四个，试图把他逼疯的时候，他就怀疑她是受巫师的差遣了。而自己引诱她说话的策略是对的，遣送她的那个人不小心过多地附体在她身上，通过她来表达自己。是的，关于城市灯光的讨论，末尾那句法语出卖了狐狸。是谁指使的狐狸崽子，牧师已经知道，并且毫不怀疑。

所有特征都指向福约德的傻冒镇长，瓦迪马·思古森，他的大哥，是他控制了狐狸。这个刚发迹的家伙从来没有原谅过博德，因为在父亲死后，他们的母亲娜尔选择了搬到伯特的牧师住宅，并带着所有父亲哈罗德·思古森的遗产，也就是索拉尔地区的全部赞美诗集。

她不在乎她的博德从来没有出过国，或者说他所有的教育只来自冰岛的一个牧师学校。

博德牧师一边包狐狸，一边默默地发酵着对瓦迪马哥哥的仇恨。他先在狐狸背部开了口子，顺着脊椎往上切，从脖子到尾骨贯通：是的，瓦迪马必须付出代价；他把手伸进躯干，顺着腹部侧边往里，小心翼翼地在肉和皮之间移动手指，把脂肪推到腹部：他要去最高法院起诉瓦迪马，故意杀人罪；他从关节处把四肢掰断，围着爪子割了一圈，然后把四肢从皮囊里挤了出来，他把食指顺着往前伸向鼻子，用指甲把鼻子从头骨上分离下来；瓦迪马要上绞刑架，这个江湖骗子——他又拽又撕又扯，直到把狐狸从蓝色的毛皮上分离开来。

牧师扒光了它。他把毛皮上的脂肪刮下来，从头到脚涂在自己的身上。然后他穿上衣服，这会儿岩缝的空间已经够大，他可以伸展四肢了。狐狸本身已经没什么可看，赤裸裸地躺在石头上，像是母体里的胚胎。他把手指伸进了它胸膛，掏出了它的心脏，放在了自己的舌头上。

好像雷鸟的味道，博德牧师想着，用皮盖住了自己的头。他吞下狐狸滑溜溜的心脏，仿佛是一道闪电击中了他，脑子里闪过——出去！

博德牧师在雪里挖来挖去，他用嘴咬，用手刨，他忘了自己叫什么，他又咬又抓，又抓又咬。

血涌上了太阳穴：

“光，再来点光！”

然而他越接近目标，他身体里的人性就越少，兽性就越多。

他哆嗦地站在一块冰碛地，畅饮着凉爽的山间空气。早晨的阳光迎接并抚慰着他。

他的脚下是一片经营得很好的山谷，又长又瘦。那里有美丽的缓坡，长满草和低矮的灌木。河流从中间流过，鲑鱼在水下跳，灰瓣蹼鹬在水上飞。田鼠在野地上窜，中杓鹬在沼泽地里戏水，雷鸟忙着在草丛里搭窝，一只蜜蜂在苔藓上嗡嗡，金鸻等着被抓。这里一切都比他之前看到的更绿更蓝，更富饶更精彩。

一只狐狸在山谷入口的石地上叫：

“啊嘎——嘎嘎——啊——嘎嘎！”

博德·思古森循声张大耳朵。

气味是不会骗人的，是一只发情的母狐狸。他眼中闪着欲望的火，张开双臂向美丽的山谷方向走去；他必须第一个到达她身边。

这是人类之前的春天。

IV

1883年3月23日

达尔山谷的布莱卡

1883年3月23日

我亲爱的朋友：

非常抱歉我这么长时间才回复你上次的来信。新年后，我们这边发生了很多事情。这些事情在你那里算不上什么，但是在这儿却是大事。一个女人死去了，一个男人失踪了。

是的，我的阿芭死了。发生在新年的第四天，她安然地去了，死得很平静。我很想念她，在我万念俱灰的时候，她在我身边这么多年。她死的时候不是很老，大概有30岁，我觉得对她这样的人也算正常吧。她在最后的一年里衰老得比我快，头发灰白，变得健忘。对了，你问我她是否收到了你寄给她的羽毛。收到了，非常高兴。对她来说，有一根丹麦小天鹅的羽毛很有意义，尤其是她熟知安徒生先生的故事，圣诞当夜，她就把羽毛放在了她的书里。

我也要感谢你。你对法国人的作品如此的灵敏，虽然说你认为他们不会作诗，是吗[1]?马拉美对我的影响，就好像是盛开的樱花映在眼里，散发香味的手帕，或者蜻蜓在平缓的河里落到了游泳者的肩上。就是这样，你可以清清楚楚地看到他是多么重要的灵感！

---

1 原文为法语，“n’est-ce pas”。

一个男人失踪了，我之前写到，那我也就不卖关子了。是伯特的牧师，博德·思古森失踪了。还记得那个在“皮裤子”那地方围着电线杆跳舞的那个混蛋瓦迪马吗？他是瓦迪马的兄弟，深冬严寒的天，疯了一样上山打狐狸去了，所有人都知道这天藏着暴风雪呢。（老猫在新年前夜不停挠自己，那预示着要发生灾害天；我们这儿兴这种气象预报。）言归正传，他从那就没再出现过，不需要用太丰富的想象就能想到发生了什么。

大家觉得这件事会引发对乡下牧师生存条件的反思。博德牧师垄断了这地方所有的狩猎活动来挣外快，而皮子又的确值点儿钱。如果很多牧师都因为拮据的原因去狩猎，在追捕狐狸的途中丧命，局面就会很糟糕了。

“总算走了！”是我对博德牧师的失踪所要说的一切；我觉得他是个十足的蠢货。

Abba（阿芭）：哈佛蒂丝

Itza：上帝

Itsa ha-am：上帝意志

Itza úm：上帝不准

Its-umba úba-hara：上帝之光，太阳或者灵魂

Úfa-hara ho-fakk：月亮

Út-da-da ho-fakk：星星

Iff-itz：光

Fúffa húja：天使

Iffa ku-ku：天堂

Itza í-addiga：上帝知道一切

Otzína-mæya：圣诞

Itza ro-ro：耶稣

Otzína-húja：复活节

Otzína-morða：礼拜天

Avv-avv：说

Ko-ko：唱歌

Andha ha-am ko-ko：我们一起唱歌

Úmm avv-avv：不想说话

Úmra：不知道

Amh-amh：美好的

Offo-ker：丑的

Futzu：男人

Hall-hall：女孩

Fúffa-ro：孩子

Furru：人

Mamba：鸟

Morðana-húja：白天

Ho-fakk：夜晚

Sa-odo：大海

Fadi-fad：雨

Hújera：雪

Mah-mah：夏天

Mah-mah hújera：冬天

Ka：火

Faff-faff：牧师

Kondúra：国王

Tampa：衣服

Umph Abba-á：哈佛蒂丝的箱子

Fífí-pupu：赞美诗

Pupu：黑暗

Íbó：睡觉

以上是我列的一个“阿芭的字典”，当我发现她的时候她就是这样说话的。你可以看得出，很多是宗教的词汇，这就验证了我对她的身份的推测……不，我是不会对哈佛蒂丝的出生避而不谈的，尤其在我确信的情况下。我对你没有秘密，你要替我保守，我信得过你，我的朋友和老师。

在冰岛的2月初，一个最不幸的人来到了达尔山谷，叫索威·赫尔迦森，四处流浪的万事通。他驾着雪橇从一个村子到另一个村子，给人画像，修补木材家具，讲讲八卦，以此来换口饭吃。这个戴眼镜的家伙也敲开了我的门，在这儿住了一个星期。我发现他还挺会画的，而且知识丰富，反正我挺喜欢他在这的。不过这个索威身体和精神上都受到过伤害，是人们的杰作。

有一个晚上，他讲起了阿芭，管她叫叶岛—哈佛蒂丝这个名字是我取的啊，姓约恩多蒂也是我的主张，这个姓满地都是，就跟说姓冰岛多蒂差不多—我从他的言语中听出来他说的都是肺腑之言。他说他在卡亚尔山路上发现了走丢的她，那会儿她是7岁，他推断。她跟着他流浪了三年，直到他找到了她的家人，把她还给了他们。索威到过豪恩那个地方，在那捡到了海浪送来的珍贵浮木。跟阿芭流浪的那段时间，他给她用这些木头做成了尸骨盒。他给我讲这些的时候，我确信了他说的都是真的，他甚至能说出棺木盒儿上的两句拉丁语。是他写上去的。

多年以后索威再次来到叶岛居住的农场。一切都变得非常惨淡：母亲服毒自杀了，女孩被父亲卖给了外国的水手，而父亲随后就去了牧师学校。这个缺德的人就是博德·思古森，那个时候赫普兹地区的执事；他12岁的女儿为他换来了一杆前上膛的步枪，还有一口袋的子弹。

现在你应该理解我为什么提到他时没什么热情了。想必我的这封信也变得悲伤和压抑，请务必原谅我的沉闷。

顺便问一下，要是你恰好要去公主街，能不能麻烦你到一家叫A.C.PERCH'S的店去一趟，给我订两磅的早茶综合，八盎司的印度大吉岭茶。我在那儿留有一个户头，他们会直接寄给我。不，我不会一个人喝。我"遗传"了牧师的一个仆人，他叫豪尔福坦·阿特拉森。他没心眼儿，很勤奋，大口喝茶，能赶上英国上院的饮茶量。

代我向你的母亲问好。我希望她喜欢我的配方：百里香、水芹、蓬子菜和桦树叶。如果你们需要更多就说一声，在冰岛大自然的药店里多得是。

就说到这吧，我亲爱的布琳纽福森，祝你好运—直到坟墓[1]。

你的好朋友，"可居世界"局限性的笃信者：

腓特烈·B.

---

1 原文为拉丁文，"ad urnam"。

另：再一次抱歉这封信的沉闷。我保证下次的会好一些，那时候我也要把这些都忘了。（随信寄来一张索威画的画，画的内容好像是魔鬼把那些尊贵的酋长们塞到他身后的洞里了。）

再见[1]！

F.

1 原文为法语，“Au revoir”。